Classique Érotique

# LES SŒURS DE SAÏDA

## Nouvelle érotique

Écrit par
Léopold
von Sacher-Masoch

# RETROUVEZ TOUS NOS GRANDS CLASSIQUES ÉROTIQUES

sur www.grandsclassiques.com

Nous, gens de l'Est, sommes encore plus éloignés de la gaieté des peuples romains que ceux de la race germanique. Le sérieux de ces derniers dégénère chez les Slaves en mélancolie, en fatalisme.

Nous comprenons aussi l'amour d'une manière plus sérieuse, et c'est pour nous moins un plaisir, une question de sentiment, qu'un tourment, un mal à ajouter aux nombreuses souffrances que l'existence nous impose. Pour moi aussi l'amour était une sorte de mystère cruel, et la femme une redoutable énigme. À cet âge où l'homme, étant plus facilement la proie de ses sensations, aime à jouer le rôle d'un page dévoué, l'homme et la femme me semblaient être en opposition et même ennemis et je me demandais d'où vient que, comprenant et sachant tout ce que nous savons, nous nous laissons entraîner pourtant vers cet abîme qui menace de nous engloutir. Le hasard me conduisit alors à Kiev, cette antique ville des arts à laquelle se rattachent tant de souvenirs sacrés pour chaque Russe, et m'amena dans un café appartenant à une famille turque.

Ce café, le rendez-vous de la jeunesse dorée, était à la fois un bazar de marchandises orientales, et une salle de bal et de concert.

Le propriétaire se nommait Assur Arabi, on le disait originaire de Saïda, mais en réalité personne ne savait qui étaient ces gens et d'où ils venaient.

On entrait d'abord dans un grand magasin rempli des produits asiatiques les plus variés. À côté de magnifiques tapis de Perse se voyaient des étoffes lamées d'or, des tissus indiens rappelant des voiles de fée. Auprès de pantoufles turques étaient des *chibouks*, des armes précieuses et des bijoux les plus bizarres. Du magasin on entrait, à gauche, dans un vrai café turc où le moka était préparé devant les hôtes, et servi par des nègres habillés de blanc ; le fez rouge sur leurs cheveux noirs crépus. À droite se trouvait le « paradis de Mahomet », c'était ainsi que Besborodko, un viveur endetté, avait baptisé cet endroit.

Cette salle de forme circulaire et de style mauresque, éclairée d'en haut par une lumière rouge d'un effet magique, était entourée d'une galerie ouverte ornée de colonnes. Là on trouvait partout, entourés de palmiers et d'orangers, sous des petites tentes, des divans formés de moelleux coussins.

Pendant que, sous cette coupole rouge tout illuminée, les Tzigans jouaient et les Tziganes dansaient, cette galerie restait toujours plongée dans un clair-obscur mystérieux qui semblait inviter aux jouissances et à de douces confidences.

Et pourtant la vertu la plus austère régnait sous le toit d'Assur.

Ici pouvait s'appliquer le mot de Lermontov : « J'entreprendrais plutôt la conquête d'une douzaine de princesses que celle d'une seule Tzigane à Moscou. »

Assur avait deux filles qu'on ne nommait jamais autrement à Kiev que les sœurs de Saïda. Il était difficile de décider laquelle des deux était la plus belle, et pourtant elles étaient, sous tous les rapports, aussi différentes l'une de l'autre que le jour et la nuit, l'été et l'hiver.

Jalta, la cadette, était svelte, mais d'une sveltesse de panthère ; ses formes étaient superbes, mais finement modelées. Tout en elle était souple et élastique, et pourtant quelle énergie dans chacun de ses mouvements à la fois gracieux et félins ! Sa tête noble était empreinte d'un charme doux et pénétrant. Une séduction particulière se dégageait de ce front bas, d'ivoire, aux sourcils fins, de ce petit nez aquilin, de ces lèvres rouges et pleines, mais surtout de cette masse de cheveux emmêlés, d'un noir bleuâtre, qui tombait sur le cou flexible, et de ses yeux sombres et profonds ; oh ! ces yeux ! En eux brillait cette douce lueur si dangereuse ; ils semblaient vous caresser, vous alanguir ; lorsqu'on les regardait longtemps, bien au fond, on était saisi de ce vertige qui nous entraîne dans l'eau doucement bercée et inondée par le soleil.

Sa sœur Damaris était au contraire d'une froideur hautaine qui faisait mal, comme l'âpre gelée d'hiver, et irritait le nerf comme les flocons tourbillonnants de neige, qui nous brûlent et nous chatouillent à la fois.

Elle était un peu plus grande que Jalta et son corps opulent semblait être sous l'empire d'une nonchalance voluptueuse. Elle éprouvait une vraie jouissance à rester étendue sur de moelleux coussins, ses membres superbes enfoncés dans d'épaisses et luxueuses fourrures, et pourtant elle ressemblait à une lionne toujours prête à s'élancer. Elle avait des mouvements brefs, une démarche et des regards dans lesquels on sentait une force calme et irrésistible ; bien que d'une harmonie parfaite, ses traits, et surtout son petit nez et sa bouche opiniâtre, avaient une certaine raideur, ses yeux et ses cheveux, d'un blond ardent qui rappelait le soleil que les Asiatiques adoraient autrefois, s'harmonisaient parfaitement avec le trait impérieux qui la caractérisait.

On discutait la couleur de ses yeux. Ils semblaient bleus quand elle souriait, noirs quand elle rêvait, et ils étincelaient d'un feu verdâtre lorsqu'elle était en colère.

À peu près en même temps que moi, arriva à Kiev le prince Daredjanoff, un officier de la garde, beau et distingué, qui avait été exilé de Saint-Pétersbourg pour quelque temps, en punition de certaines fredaines de jeunesse ; Il était originaire du Caucase, immensément riche, et s'ennuyait mortellement à Kiev. Je l'emmenai chez les sœurs de Saïda.

Daredjanoff les trouva charmantes et séduisantes, et comme elles étaient aussi inaccessibles l'une que l'autre, il fit la cour à toutes les deux. Il était ingénieux à faire naître mille occasions de leur être agréable, car il se convainquit bientôt que sa richesse ne produisait là aucun effet. Après qu'on eut refusé ses cadeaux, il employa tout son zèle à se rendre agréable et indispensable aux deux belles jeunes filles.

C'étaient des heures délicieuses que celles que nous passions de temps à autre, avec quelques amis privilégiés, dans le petit salon de la famille Arabi, quand Damaris, assise sur un tapis, les jambes croisées, jouait des airs mélancoliques et chantait ces mélodies qui semblaient des formules cabalistiques, et lorsque Jalta se mettait à danser en jouant du tambour.

Besborodko leur avait donné des sobriquets caractéristiques : il appelait Jalta l'odalisque, et Damaris la sultane.

C'était bien cela : la petite, avec ses membres souples de panthère, sa bouche souriante et ses regards séduisants, semblait créée pour le plaisir, et Damaris pour le despotisme.

Elle nous en donna bientôt des preuves. Une fois elle était en train d'achever sa toilette quand nous arrivâmes, la négresse qui disposait son voile sur sa tête se montrait maladroite.

Damaris frappa du pied, et comme son impatience ne faisait que troubler davantage encore la pauvre servante, elle la frappa au visage et la chassa. Ce fut le prince qui réussit enfin à la satisfaire et à arranger sa coiffure.

Une autre fois il s'agissait de punir Tagrin, un nègre grand et beau, qui avait volé Assur ; ce dernier lui laissa le choix entre la prison et la cravache.

Tagrin se jeta aux pieds d'Assur, et le supplia de ne pas le livrer à la justice, dont il avait une peur terrible. « Laisse-moi le punir », dit Damaris avec le plus grand sang-froid.

Elle attendit, toujours calme, étendue sur une peau de tigre, qu'on eût garrotté Tagrin et qu'il fût attaché à une colonne.

Alors elle se leva lentement, retroussa la large manche de son cafetan en soie bleue, couvert de broderies d'or et garni d'hermine, et saisit le *knout.*

Tandis que le malheureux se tordait sous ses coups cruels, un feu sauvage étincelait dans ses yeux, et ses lèvres à deuil ouvertes laissèrent voir ses petites dents.

Elle jouissait et éprouvait la même volupté qu'enfoncée dans ses coussins et ses fourrures.

À dater de ce jour, un grand changement s'opéra dans Daredjanoff ; s'il avait hésité quelque temps entre l'odalisque et la sultane, son choix était fait maintenant. Damaris l'avait complètement enchanté et subjugué.

— Je l'aime, me dit-il, mais je lutte encore. Je sais que je ne puis faire la conquête de Damaris qu'en la prenant pour femme, et je sais aussi qu'alors je serai perdu.

— Et pourquoi ?

— Vous m'avez dit un jour que l'homme et la femme étaient créés ennemis, et que l'amour était la plus cruelle des souffrances ; aujourd'hui j'en puis juger par moi-même. Mais cette conviction ne nous sert à rien. Par cette puissance qu'elle donne à la femme sur nous, la nature veut atteindre un but qu'elle cherche à nous cacher. Elle ne veut qu'une chose : *la vie*. Pour elle, chaque jour est un jour de création, et elle ne se repose jamais. Elle peuple sans cesse ces étoiles errant dans l'espace, elle peuple l'air, l'eau et la terre, et ne demande pas si ses créatures sont heureuses ou non. Le mystère, le grand problème de l'amour, je crois l'avoir résolu. Il y a dans la Création deux éléments que les peuples de l'Asie ont déjà adorés comme la lumière et l'obscurité. Nous ne discuterons pas sur les mots, nous appellerons simplement l'un : *l'esprit*, et l'autre : *la nature*.

L'esprit me semble dominer chez l'homme, et la nature chez la femme. L'esprit dans l'homme se défend contre les chaînes que la nature lui forge dans l'amour ; mais il se révolte en vain, la femme fait de lui son esclave. Elle le force à obéir au commandement de la nature, elle lui impose un triple joug : l'amour, le mariage, les enfants.

L'homme, qui voit son esprit vaincu par l'éternelle Isis, se sent humilié par la tyrannie cruelle de la femme aimée, et, par suite d'un revirement énigmatique de son esprit, il adore cette femme toujours davantage à mesure qu'elle devient plus cruelle, plus despotique, et même… infidèle.

Depuis que j'aime Damaris, je comprends ce troubadour qui se laissa coudre par sa maîtresse dans une peau de loup et se fit pourchasser par ses chiens.

Et Damaris ? Elle aussi avait compris ce grand problème.

Un jour, elle dit au prince :

— Il n'y a pas d'égalité dans l'amour, ne l'oubliez pas ; vous n'avez que le choix entre devenir le marteau ou l'enclume. Si vous voulez être le maître, choisissez Jalta.

— Et si je vous aime, Damaris ; si je vous adore, comme mon idole ?

— Alors vous serez mon esclave, répondit-elle en souriant et caressant de sa petite main l'hermine de son cafetan.

Et Daredjanoff devint son esclave.

Il quitta tout pour elle : les rangs de l'armée, la cour et le monde.

Il vit avec elle dans son château solitaire, au milieu des montagnes rocheuses du Caucase, comme dans un nid d'aigle. La princesse lui a donné trois enfants.

On dit qu'ils sont heureux tous deux, chacun à leur manière, lui comme enclume et elle comme marteau.

ISBN ebook : 9782512008613

ISBN papier : 9782512009818

Dépôt légal : D/2018/12603/164

Couverture : © Hélène Massart

Conception numérique : Primento, le partenaire numérique des éditeurs